ESSAIS POÉTIQUES

PAR

JOSEPH ANSALDI,

OUVRIER BOULANGER,

Agé de 16 ans,

Précédés d'une Notice

PAR

D. ROSSI,

PROFESSEUR DE LITTÉRATURE ET DE PHILOSOPHIE, MEMBRE
CORRESPONDANT DE LA SOCIÉTÉ GALLICANE DE PARIS, ETC.

TOULON,

IMPRIMERIE Vve BAUME, RUE NEUVE, 20.

1854.

ESSAIS POÉTIQUES.

ESSAIS POÉTIQUES

PAR

JOSEPH ANSALDI,

OUVRIER BOULANGER,

Agé de 16 ans,

Précédés d'une Notice

PAR

D. ROSSI,

PROFESSEUR DE LITTÉRATURE ET DE PHILOSOPHIE, MEMBRE
CORRESPONDANT DE LA SOCIÉTÉ GALLICANE DE PARIS, ETC.

TOULON,

IMPRIMERIE Vᵉ BAUME, RUE NEUVE, 20.

1854.

NOTICE.

Qu'est-ce que Joseph ANSALDI? J. Ansaldi est un enfant du Midi à l'imagination ardente, à l'esprit rêveur, aux longues espérances. Né à Port-Maurice er Piémont, à l'âge de 6 ans, il suivit ses parents à Toulon, où il a compté les jours de son existence par les angoisses de sa famille. Une mère attachée sur un lit de douleur, un père âgé sans ressource, un frère... un frère qu'aucun lien n'a pu retenir au foyer domestique et que les caprices d'une jeunesse orageuse ont emporté au loin... : voilà son apanage au début de la vie ; mais, semblable à ces plantes vigoureuses qui surprennent au milieu du désert les yeux du voyageur, Ansaldi s'est développé sous les doux rayons du soleil de la Provence, et son organisation ne manque ni de sève ni de vigueur : en un mot, Ansaldi est poète.

La poésie est un don que la nature seule peut nous départir ; ce don est une étincelle sacrée que les Latins appelaient avec justesse *vis*. Cette étincelle, cette *vis*, est un fait psychologique, un phénomène subjectif auquel on ne se dérobe pas plus qu'à la perception intime du moi, dont il est une puissante manifestation. J. Ansaldi s'est révélé à lui-même, a senti sa force à l'âge de 10 ans. Jeté comme tant d'enfants du peuple à l'école des Frères, c'est là que le trouva la Révolution de février.

A part la pensée moralisatrice qui fait la base de cette institution destinée à défricher tant de terrains encore vierges, mais incultes et sauvages, nous la croyons impuissante à préparer des hommes sérieux; elle initie, c'est beaucoup, mais elle s'arrête là. Si l'émulation, quoiqu'à un faible degré, est un élément auquel l'enfance ne demeure pas étrangère, elle si avide, si jalouse, si susceptible; il n'est pas moins vrai que l'agglomération est incompatible avec des soins particuliers et consciencieux, et l'enfant y croupit dans l'indifférence et l'apathie. L'arbuste en pépinière s'élève à peine du sol, mais il ne grossit pas, mais il ne se déploie pas; il lui faut l'espace pour qu'il absorbe à lui seul, sans partage, l'air, l'eau, le soleil, la rosée, et plus encore les soins de l'intelligent agriculteur. Ce que nous venons de dire, se réduit à ceci: Ansaldi, sans l'école des Frères, avec initiation ou sans initiation, eût été poète, *poeta nascitur*.

A peine avait-il deux ans d'étude, à peine savait-il tracer des lettres que cette époque, qui se présentait comme l'aurore d'un beau jour, réveilla en lui le sentiment poétique; le mot magique de liberté, que tous les échos répétaient, fit tressaillir tout son être, et le Frère chargé de sa classe surprit sur son cahier deux vers où se reflétait l'enthousiasme du jour. Inutile de dire qu'ils furent impitoyablement déchirés comme l'œuvre d'un enfant mal pensant et dissipé.

Mais le temps d'épreuve arrivait pour notre poète naissant : les douleurs de famille augmentent, et la nécessité qui selon le Lyrique latin n'est armée que de plomb et de crocs, l'oblige à se vouer au travail pour conserver des jours précieux. Enfant docile, il se résigne à embrasser un métier qui, tout en lui offrant un modique gain, était fait pour éteindre son ardeur poétique en usant ses forces, en affaiblissant son moral. J. Ansaldi entre comme ouvrier chez un boulanger ; un travail nocturne, continu, ne lui laisse ni calme ni repos. Il languissait ainsi, consumé de fatigue et d'ennui, lorsque le succès de l'épée autrichienne, à Novare, retentit douloureusement dans son cœur. Son indignation, mêlée d'amertume, s'exhala en vers lyriques. Cette ode où pour la première fois Ansaldi essaya ses forces, fut lue à Mademoiselle D. qui, frappée de la hardiesse du jeune ouvrier, crut reconnaître en lui d'étonnantes dispositions. Sublime destinée que celle de la femme ! C'est d'elle que rayonnent toutes les tendresses comme tous les encouragements à tout ce qu'il y a de plus noble, de plus élevé : l'amour de la patrie, des sciences et des arts. Mademoiselle D. fit l'accueil le plus flatteur aux vers du jeune ouvrier, berça ses espérances naissantes, et soit désir de nous faire partager sa propre admiration, soit envie de ménager un guide à ce nouvel ami des muses, elle se plut à nous le présenter. Son ode sur Radetski, quoique dépourvue de cette perfection de forme si nécessaire au lyrisme, nous révélait une organisation exceptionnelle que confirmaient en lui un front haut, un regard fin, un air pâle mais empreint d'une certaine fierté. Nos observations n'étaient pas plutôt énoncées qu'elles étaient suivies d'une prompte correction ; et pourtant qui avait inspiré cette âme encore novice? Qui avait prêté le moule à sa pensée ardente et plaintive? Et s'il est vrai que le génie, que les natures privilégiées, n'ont besoin que d'effleurer sans rien longuement approfondir, qu'elles perçoivent facilement ce qui coûte à d'autres veilles et labeurs, qu'avait-il lu? Rien : nous nous trompons ; il avait parcouru une des plus faibles tragédies de Racine.

Quiconque a le sentiment poétique, conçoit aisément qu'il n'y a rien là pour exalter un jeune adepte (1). La poésie n'est pas une versification monotone et compassée, la poésie n'est pas la raison de convention, embellie par la recherche des formes aussi froides qu'élégantes ; en un mot, ce n'est pas le *maniérisme* de l'esprit. La poésie c'est la douleur qui pénètre, c'est l'effroi qui saisit, c'est la colère qui éclate, la pitié qui attendrit, la joie qui transporte ; la poésie c'est l'enthousiasme, c'est la vie, c'est la nature dans ses allures franches et variées, c'est le ciel et la boue *cœlum et cœnum*, c'est-à-dire, l'humanité vue en face, avec ses misères, ses bizarreries, ses travers, ses élans, ses abattements, ses grandeurs et ses faiblesses : c'est Shakspear. Corneille, Lafontaine, Molière, en France, sont les éternels modèles du beau poétique, parce que le beau n'est que dans le vrai ; le beau et le vrai ont des lois qui n'empruntent rien à la convention. Racine, poète obligé d'une cour où le décorum et l'étiquette étaient assis sur

---

(1) Ansaldi nous a avoué que, pendant la lecture de Racine, il a été plus d'une fois pris d'un insurmontable sommeil.

le trône pour ajouter à la majesté d'un roi , assez vain pour se croire un dieu couronné ; Racine, disons-nous, deviendra une vieille relique que l'on garde sous cloche , relique qu'on vénère, mais impuissante et muette. Ses longues tirades à la Théramène , tirades pompeuses, léchées, mais glaciales et déplacées ; ses élégances parfois outrées , ses hémistiches sonores mais creux , ses vers à queue, ses scènes délayées en fades colloques, sans vie , sans chaleur, sans passion, sans mouvement, sans péripéties attachantes , resteront à jamais sans effet sur les masses. On l'admire bien , mais on sent qu'on ne l'aime pas. Que si l'on nous oppose l'autorité de la Harpe et de quelques partisans du *style soutenu*, nous répondrons sans hésiter qu'elle expire au pied de la hauteur où se place aujourd'hui la critique ; et d'ailleurs, pour ce qui est du style , les hommes de génie , les natures d'élite , l'échauffent à leur foyer et le forgent sur leur enclume , pour user d'une expression heureuse de Chasle. (1)

(1) Britannicus que Voltaire appelle la *pièce* des *connaisseurs* et pour lequel nos premières impressions nous permettraient de faire une exception, n'echappe pas à la rigueur des Aristarques modernes. En effet , le Néron de Racine est-il bien le Néron de Tacite , ce profond écrivain qui de son terrible ciseau a sculpté sur le bronze de l'histoire les traits sombres et atroces de ce monstre , saturé d'obscénités , de crimes et d'horreurs ? Tout est pâle chez l'un , tout est palpitant chez l'autre ; et la mort du jeune prince expirant au festin que l'élégant poète effleure en des vers de vrai rhétoricien, est un de ces tableaux dont l'Alighieri seul après Tacite a eu le secret. Nous avons souvent entendu dire que Racine était le Sophocle de la France. Convenons que ceux qui parlent

Victor Hugo est le plus grand poète de France, le vrai représentant du Parnasse des temps modernes ; plein d'inspiration et de vérité : c'est l'aigle qui, par les courbures redoublées de son essor, trace le sentier au cygne du lac, au tendre ami de Jocelyn selon le spirituel S¹ᵉ-Beuve. C'est à cette source si vivifiante, si féconde, si enivrante où chaque mot fait image, chaque vers étincelle d'une vive pensée, que (¹) nous avons engagé Ansaldi à se retremper, mais sans s'y plonger jusqu'à la lie. Car indépendamment de l'originalité qui doit être le signe de la vocation et du privilège, il ne faut pas oublier l'aveu même de l'illustre poète : les hommes de génie, si grands qu'ils soient, ont toujours en eux leur bête qui les parodie.

Cependant Ansaldi ne pouvait disposer d'aucun fonds pour l'acquisition des meilleures œuvres d'Hugo. Une dame toulonnaise dont l'amabilité égale seule l'esprit élevé, s'offrit pour satisfaire aux goûts avides du jeune ouvrier. Quelques essais postérieurs prouvent que nos

---

ainsi, ne connaissent le poète grec que par des traductions, Est-ce que toutes les tragédies du poète français, fondues ensemble, peuvent jamais valoir le seul dialogue d'Edipe avec le devin Tirésias ? A peine si Alfiéri, ce Corneille de l'Italie, s'en est approché dans Saül. Cependant pour ne pas partager l'enthousiasme des Classiques pour l'auteur d'Athalie, ce n'est pas à dire que nous soyons insensible aux admirables pages qu'il a animées au souffle de l'antiquité ou de la Bible ; ni au service réel qu'il a rendu au drame dont il a perfectionné la trame et respecté la pudeur.

(1) Nous lui eussions conseillé la *Bible* s'il avait su la lire *en latin*.

conseils n'ont pas été vains. Mais l'arc toujours tendu se brise et le pauvre Ansaldi tombe épuisé de malaise et de fièvre. Un court repos, devenu indispensable au rétablissement de ses forces, le prive de sa place et de ses modestes émoluments. Et pourtant sa mère était là, souffrante, avec l'indigence à son chevet ; le gain de son père était insuffisant à trois. Les temps étaient rigoureux ; toutes les portes semblaient fermées au malheureux ouvrier, lorsque son désespoir et sa douleur émurent vivement le Directeur des Constructions navales à qui nous prîmes soin de le recommander, et Ansaldi fut aussitôt admis dans l'arsenal comme apprenti aux mécaniciens.

La vie était dure, l'apprentissage pénible, le lucre minime. Et puis le bruit du marteau et de l'enclume s'accorde mal avec l'harmonie molle et paisible de la poésie. Ansaldi se trouvait déplacé, ahuri, énervé ; il s'étiolait comme un arbuste que l'on a transplanté dans un terrain où, à la place de la rosée du matin et de la vive lumière du jour, règnent la fumée et le brouillard. Force donc lui fut de quitter, et à un avenir sûr il préféra son ancienne condition, si précaire qu'elle fût : il retourna au bluttoir.

De nouveaux loisirs, de nouveaux désirs ; plus libre de ses actions, livré à un travail où l'esprit peut prendre facilement son essor, Ansaldi donne cours à son imagination, et des poésies tantôt légères, tantôt graves, des vaudevilles et des drames, se partagent tous ses moments. Mais disons-le, sans le flatter : le genre où il réussit le mieux n'est ni le tendre ni le badin ; si d'autres ont excellé à peindre des anges au berceau, à tresser les marguerites des prés ou les roses d'amour, à redire les caprices de la brise ou à retracer la mer avec ses nuances d'ombre et de lumière, son sommeil et ses frissons, son sourire et ses orages, occupations de temps plus calmes, Ansaldi tire d'autres sons de sa lyre. Les cieux âpres, les climats stériles, les solitudes sauvages, les forêts sombres, les nuits silencieuses, les lueurs mélancoliques du soir, les rayons de l'aube, ne l'inspirent point ; il ne s'éveille qu'au choc des armes, il ne s'attendrit qu'au râle des peuples écrasés, il ne frissonne qu'au bruit des chaînes de sa patrie, il ne s'émeut que devant les tombes que creuse le livide Choléra. C'est à peine si nous pouvons citer la *gondole* comme fesant exception ; cette pièce, quoique d'une pâle exécution, rappelle pourtant bien le genre d'Horace. Tandis qu'une gracieuse gondole qui a promené sur les eaux du Bosphore la voluptueuse mollesse d'un roi asiatique, et qui a connu les doux reflets de l'aurore d'Orient, glisse, sylphide légère, sur les ondes de Venise, berçant les folles amours de son nouveau maître, sous un ciel d'azur, au milieu d'une atmosphère fraîche et embaumée ; le fossoyeur aux épaules voûtées, à l'œil sec, à la face anguleuse, desserrant sa lèvre crispée à un amer sourire, marque du doigt l'heureux gondolier : va, dit-il tout bas de sa voix caverneuse, ton ivresse aura moins de durée que le sillon tracé par ta rapide gondole. Quel tableau ! quel contraste ! l'homme et ses chimères, le plaisir et la mort, *linea rerum*. Et cependant Ansaldi ignore jusqu'au nom du poète qui berça *la volupté au sein de la sagesse* sur les bords de l'Anio. Mais nous le répétons :

c'est là une exception , un éclair sur un fond noir. (¹)

Ses italiennes sont pleines de verve, et nous ne dou-
tons point que le public ne confirmât notre jugement si
de sérieuses considérations ne l'eussent empêché de les
lui livrer. Il ne faut pas croire non plus qu'Ansaldi
se torture , se violente pour se donner des inspirations
ou des vertus qu'il n'a pas ; il suit la pente naturelle
de son esprit , il s'harmonise avec son époque. Les poè-
tes sont le verbe de la société ; la formation de leurs
idées tient à l'histoire de l'humanité , à ses phases , à
ses besoins , à ses aspirations ; on n'échappe pas au
milieu où l'on vit ; et les manifestations de l'esprit , de
quelque genre qu'elles soient , portent toujours avec
elles le cachet de leur origine.

Nous ne parlerons pas de ses drames dont la facilité
du vers cache mal la pauvreté de l'intrigue , le mauvais
choix du sujet et la faiblesse du dénoûment. Nous ne
descendrons pas non plus aux pointilleux détails de la
forme. Chez lui point d'éclat éblouissant, point de mo-
dulations suaves, point de cette heureuse souplesse qui
fait le charme des poésies modernes ; son style est sec,
raide, nuageux parfois ; son vers est dur , imparfait,
incorrect, comme celui d'une nature abrupte : Ansaldi
n'est poète que par l'imagination ; et les vers impro-
visés en moins d'une heure sur la chienne Apis , en
prouvent toute la richesse et la puissance. Mais quel

(1) Ansaldi ne possède aucun livre de littérature ; à nos
conseils il a souvent répondu par le désir d'acheter une gram-
maire. Etranger à toutes les difficultés de la langue française,
il en devine l'orthographe, l'harmonie et le rhythme.

est le fruit que le temps ne mûrit pas? Ansaldi aujourd'hui ne compte que 16 ans ; sachons attendre , et son jugement etons goût ne manqueront pas de prêter leur secours à la fécondité de son esprit.

Ansaldi rêve... et que rêve-t-il? un avenir glorieux. C'est là que convergent ses efforts et ses espérances. Qui oserait l'en blâmer ? Est-ce que la foi n'est pas la formule de la volonté , et la volonté la mesure de notre puissance? Nous savons qu'il faut aspirer à descendre pour être exalté ; mais les Ovide , les Métastase , les Pic, n'ont-ils pas pressenti instinctivement la portée de leurs forces, la puissance de leurs facultés? Est-ce que l'ambition n'est pas le principal levier des actions humaines? Le plus éclatant succès n'est-il pas venu souvent la sanctionner? Jetons un regard sur le demi-siècle qui vient de s'écouler ; il nous apprendra que vouloir c'est pouvoir.

Pour nous qui connaissons Ansaldi , nous souhaitons pour la réussite de son talent qu'une étoile s'élève sur son horizon. Ce n'est pas que nous lui désirions un Mécène opulent. Nous ignorons même s'il est dévoré de la *fièvre des convoitises* , selon le langage de Blot-Lequesne. D'ailleurs , le malheur est un don céleste pour celui qui rêve la gloire ; les esprits trempés dans la douleur, en ressortent plus brillants et plus forts. Qu'est le génie sans l'adversité ? une plante qui se fane et se meurt aux tièdes haleines du printemps. Que devient-il sous un ciel sévère et battu par les vents? un arbuste qui fleurit fort et vivace avec ses racines dans le roc. Qu'Ansaldi se résigne donc à son sort! La souffrance est son élément sympathique. L'étoile que nous invoquons pour lui, c'est un astre qui l'éclaire et le guide. Si les écrits des penseurs, selon Horace, doivent être la nourriture ordinaire d'un poète, si penser et sentir sont les deux éléments pour écrire, ayons qui nous enseigne et à bien penser et à bien sentir pour bien écrire. A nos souhaits nous nous permettrons de joindre un conseil plus précieux encore à son inexpérience que notre faible appui.

Garantissez, jeune poète, garantissez votre esprit des séductions de la vanité ; soyez simple et modeste ; si vous ambitionnez la gloire, comme vous dites, écoutez la voix d'un poète en renom, jadis ouvrier comme vous :

> .... Lorsque nous nous frayons
> Des sentiers inconnus aux profanes du monde ,
> Notre voie épineuse en douleurs est féconde.
> C'est aux extrémités de ces rudes sentiers
> Que la gloire a placé ses plus nobles lauriers.

Le désir des applaudissements dont vous êtes avide, peut vous conduire à une déception cruelle, à l'extinction du feu sacré qui vous embrase. Ne rougissez pas de votre origine ni de votre bluttoir près duquel le *Dieu* vous accorde des loisirs dont la scène vous refuserait la douceur. Les muses sont ennemies du tumulte, elles aiment l'ombre et le silence ; sachez mériter leurs faveurs.

D. ROSSI.

ESSAIS POÉTIQUES

PAR

Joseph ANSALDI.

SÉBASTOPOL.

Nota. A l'époque où l'auteur a fait cette pièce de vers, de faux bruits avaient fait croire à la prise de *Sébastopol*.

I

Enfin Sébastopol! la noire forteresse,
La voilà devant nous! la voilà qui se dresse
Avec son large front garni d'un triple airain!
Il semble regarder, imposant et serein,
Nos superbes vaisseaux qui sillonnent les ondes,
Nos bandes de guerriers en merveilles fécondes;
Et braver nos efforts, comme brave la mer
Le roc noir qui se mire au fond du gouffre amer.

II

Quel frisson inconnu bruit sourdement et passe?
C'est la voix du combat qui traverse l'espace.
La vague avec effroi se replie en son sein,
Resserrant ses flots noirs comme en un jour d'orage,
Et parfois Jehovah à travers un nuage
Passe au loin, et du doigt va marquant ton destin !

III

Le signal! le signal! En avant! guerre! guerre!
La voilà devant nous la ville qui naguère
Faisait de son nom seul trembler les alentours.
Canons! ouvrez le feu! Boulets! frappez les tours!
Soldats! élancez-vous sur les larges murailles!
Fanfares! jouez-nous de vieux airs de batailles!
Que l'éclair destructeur illumine nos rangs,
Soldats! c'est le pays où règnent les tyrans!
Ainsi point de remords! frappons! brisons sans cesse!
Mourons ou triomphons! La mort a son ivresse,
Lorsque l'on meurt broyé dans les plis d'un combat!
Mourir pour son pays, c'est vivre! Et le soldat
Repoussé, s'irritant et plus terrible encore
S'élance sur les murs que la flamme dévore.

IV

La grenade éclate!
La foudre écarlate,

Envahit les airs.
Tout s'émeut et tremble,
Et le pays semble
Couronné d'éclairs !

Et les tours s'écroulent,
Ecrasent et foulent
Sous leurs flancs qui roulent
Guerriers, bataillons !
La mêlée ardente,
La bombe grondante,
Sèment l'épouvante,
Creusent des sillons !

Tours démantelées,
Et tours dentelées,
Au lointain mêlées
Dans le ciel tout bleu,
Sur vos fronts superbes
Où poussaient des herbes
Se tordent les gerbes
D'un fleuve de feu !

L'incendie allume
Son tison qui fume,
Pareil à la brume,
Sur les murs croulants,

Sa fumée épaisse
Roule et croît sans cesse ,
Envahit et presse
La ville en ses flancs !

V

Assez ! ne frappez plus ! que l'ouragan s'arrête
Et cesse de hurler en rasant notre tête.
Essuyez les canons, de colère grondants,
Courbez-les de nouveau sur les affûts ardents.
Le glorieux drapeau qui guidait la bataille ,
Labouré de boulets , flotte sur la muraille !
Sébastopol se rend ! la ville au front de fer !
Dont le flanc crie encor comme un gouffre d'enfer !

VI

Ses vaisseaux entr'ouverts roulent dans l'onde amère,
Ses tours tordent leurs bras , ses murs traînent à terre
Avec mille débris sanglants et foudroyés
Dans la poudre et le sang de ses soldats noyés.

VII

Gloire aux soldats du peuple-roi sur terre !
Gloire aux martyrs du peuple grand et fort !
Gloire à tous ceux qui , sombres de colère ,
Suivant le doigt du lion populaire
Vont s'élancer sur les tyrans du Nord.

Czar! qui te ris dans ton orgueil farouche
De nos efforts , vois! ta ville d'airain ,
Sébastopol , frémissante se couche
Sous notre doigt qui brise ce qu'il touche ,
Sentant le poids de ce doigt souverain.

Car c'est Satan , Czar maudit qui t'inspire ,
Tandis que nous , les Francs au cœur de feu ,
Nous , qui chantons quand le vieil homme expire ,
Nous , qui voyons l'avenir nous sourire ,
Nous marchons tous sous le souffle de Dieu !

CHOLÉRA !

Oh ! quel souffle soudain fait tressaillir nos villes !
Ravageant et brisant comme des choses viles ,
Les têtes des mortels jusque dans le saint lieu !
D'où vient que dans nos cœurs passe un frisson de glace !
Ce malaise infini qui traverse l'espace ,
D'où vient-il ? Qui le sait ? de Satan ou de Dieu !

Comme le ciel est noir ! Comme sur la montagne
Le nuage descend avec la nuit qui gagne !
Tout semble présager un orage effrayant !
Entendez-vous au loin le tonnerre qui gronde ?
Et puis ce pâle éclair qui passe sur le monde ,
L'illuminant soudain , blanc fantôme fuyant.

Est-ce Dieu qui descend au milieu des nuées,
Et qui vient nous dicter ses lois abandonnées,
Comme il fit à Moïse au milieu des éclairs ?
Ou bien nous dira-t-il : Tremblez ! le temps est proche !
Le fils de l'homme vient ! Sa justice s'approche !
Car le soleil soudain s'obscurcit dans les airs !

Regardez! sur le mont le voile se déchire,
Quelques mots sont écrits! Qui donc osera lire,
Quand la foudre rugit? Oh! qui donc l'osera?
L'éclair à chaque instant m'éblouit, me fascine!
Je veux lire pourtant la sentence divine!
Ecoutez! écoutez! un seul mot! *Choléra!*

Il sourit! Il se lève!
Ange exterminateur!
Il s'arme de son glaive
Aiguisé par la peur!

Et secouant la tête!
Il dit à ses soldats:
Le monde est ma conquête,
Allons! suivez mes pas!

Et soudain il s'élance,
Entraînant après lui
La mort et le silence,
Et l'effroi dans la nuit!

Allez! frappez! tuez! et moissonnez les hommes
Qu'en un jour au néant tombent sujets et rois!
Des cadavres encor! Pour peu de temps nous sommes,
Des cadavres toujours!.. Ce sont mes seules lois!

Oh! cet homme qui rit insultant la misère
Et s'enivre de chants, de plaisirs et d'amour.

Il mourra ! je le veux!! qu'il tombe face à terre !
Qu'il souffre ! et qu'à la vie il n'ait plus de retour !

Et le voilà soudain qui se tord avec rage ;
Et jetant au Seigneur quelque sanglant outrage,
Après l'avoir prié , sans en être exaucé,
Il se mord de fureur ! Ses pieds battent la terre !
Il pleure ! il souffre ! il crie ! et blasphème et prière
L'étouffent dans une heure et le laissent glacé !...

Et ceux qui partageaient son festin et sa joie ,
L'affreuse peur qui rit les a choisis pour proie !
Et les voilà tremblants ! pâles , comme un linceul !
Ils se sont séparés , l'âme bouleversée.
Le visage du mort les suit , par la pensée !
Et chacun d'eux marchant ne se trouve pas seul !

Ils sont morts !.. quoi déjà ! Pleins de fougue et de vie !
L'existence à vingt ans leur est soudain ravie !
Oh ! le fléau vengeur frappe indistinctement !
Qu'importe qu'on soit fort ou faible ! il frappe ! il tue !
Il glace d'épouvante ! et l'âme est abattue
Quand son souffle sur nous passe rapidement !

Où courez-vous ainsi ? Pourquoi fuir cette ville ?
La mort plane partout ! et tout est inutile !
Le choléra se rit de vos pauvres efforts
Il peut garder pour vous une foudre inédite

Et vous fuyez en vain de la ville maudite !
S'il veut bien vous frapper , lui qui frappe les forts !

Sur nos fronts a passé le vent de la tristesse ;
De tout côté des cris , des plaintes et des pleurs !
Tout meurt ! l'homme et l'enfant, et chaque lèvre presse
Quelque front refroidi , triste et mortelle ivresse !
Qui remplit jusqu'aux bords la coupe des douleurs !

Seigneur! Seigneur! pourquoi nous ouvrez-vous la tombe!
Punissez-vous ainsi l'erreur où l'homme tombe ,
Quand il ose nier dans son stupide orgueil ,
Et dire : Dieu n'est point ! et pour tout sur la terre ,
La mort ! c'est le néant ! et non pas un mystère
Où l'âme vit encore au-delà du cercueil !

Oh ! nos crimes sont grands ! Oh ! le doute est impie !
Dans la corruption la terre est accroupie
Et ne se souvient plus des décrets éternels !
Au culte du veau d'or l'humanité se voue !
Le Christ est renié ! le Christ qui se dévoue !
Et l'or dans tous les cœurs voit fleurir ses autels !

Oh! l'or! métal maudit! dont l'éclat nous fascine
Et rend nulle pour nous la passion divine ,
Et nous tient enchaînés par son prisme brillant !
L'or qui marchande tout! les élans de la lyre ,
L'artiste et ses douleurs ! l'amour et son sourire !
Ecrasant du talon chaque front suppliant !

2

Sans doute , je comprends que le ciel inflexible
Courbe nos fronts hautains sous le glaive terrible
Et frappe sans pitié, car son bras est vengeur !
Quand après deux mille ans qu'est écrit l'évangile
On s'incline devant des dieux d'or ou d'argile,
Je comprends qu'il envoie un fléau ravageur !

Et vous ! ô renégats du saint Christianisme,
Dont le cœur est bronzé par l'infâme égoïsme ,
Quand sur nos fronts pâlis passe l'affliction !
Quand il n'est pas de cœur que la douleur n'effeuille,
Quand l'homme meurt , hélas ! et ressemble à la feuille
Qu'un vent d'automne emporte au milieu d'un sillon !

Oh ! lequel prirez-vous de vos dieux de matière,
Pour que vous ne mouriez et que le cimetière
Ne montre votre nom sur quelque tombe écrit.
Supplierez-vous Baal et sa bonté divine ?
Mais Baal n'entend point ! Priez plus haut ! il dîne !
Peut-il se déranger comme ferait le Christ ?

Oh ! le Christ, dont la main nous punit à cette heure,
Regarde avec pitié son serviteur qui pleure ;
Et quoique sur nos fronts son bras soit étendu ,
Implorons-le ! prions ! Sa main toute-puissante
Éloignera de nous la mort et l'épouvante ,
Et brisera le trait sur son arc tout tendu.

Seigneur ! voyez nos pleurs ! suspendez vos vengeances,
Tout est frappé, brisé par des douleurs immenses.
Des milliers de mortels tombent à chaque jour,
Le père roule, hélas ! son fils dans un suaire
Et votre droite enfin complète l'ossuaire
En y roulant le père et la sœur à leur tour !

Partout des pleurs ! partout une tristesse morne !
Oh ! que votre justice à nous punir se borne,
Et ne prolonge pas sa malédiction,
Ainsi qu'en a parlé votre saint Évangile,
Quand vous renouveliez vos miracles par mille,
Jusqu'à la troisième génération !...

25 septembre 1854.

SAINT-DENIS.

A Monsieur.....

I

Poète créateur dont la sonore lyre
S'échappe en accents forts quand un ardent délire,
S'emparant de ton cœur, fait frissonner tes doigts
Sur les cordes, réponds, toi qu'on vit autrefois,
Aimant à méditer dans les vertes vallées,
Où l'on peut respirer des ombreuses allées
L'air pur, dis-moi pourquoi l'on te vit tout pensif,
Quittant ton chaume vert qu'ombrage un vert massif
D'arbres entrelaçant leurs rameaux, leur feuillage
Où s'en vont les oiseaux bégayant un langage
Tendre, mystérieux, plein d'harmonieux sons,
Qui forment dans les nids, d'ineffables chansons ;
Dis-moi pourquoi, quittant ta campagne chérie,
Vers Paris, ville immense et de brume assombrie,
As-tu tourné tes pas ? Quel était ton dessein ?
Voulais-tu voir encor le bruit que dans son sein
Le peuple, noir géant qui s'endort ou qui veille,
Selon que quelque bruit vient frapper son oreille,

Bruit de pas d'ennemis , bruit que font quelquefois
Les lois , que fait trembler le souffle de nos rois ,
Et qui , tout en tremblant, jettent parmi la ville
Un cri , qui trouve écho dans son âme virile,
Et qui le fait soudain tressaillir et porter
Ses pas vers les pavés , où s'en vont s'ameuter
Les faubourgs , fiers lions du noir Paris , leur père ,
Et qui suivent ardents ses pas dans la carrière ;
Voulais-tu voir le bruit que fait chaque matin
Ce peuple, s'éveillant sans les cris du tocsin ?

II

Ou voulais-tu revoir la superbe colonne
Où dort Napoléon? Ce roi mort sans couronne ,
Et qui pendant longtemps a sous sa forte main
Ployé la vieille Europe et pris sur son chemin
Étoilé de guerriers et de chars de conquête,
Diadèmes vieillis qu'il posait sur sa tête.
Voulais-tu contempler les grands aigles d'airain
Que le colosse au front pensif, grave et serein ,
Où germait autrefois une grande pensée,
Contient d'un geste seul que fait sa main glacée ?

III

Mais non , car dirigeant tes pas vers Saint-Denis
Silencieux palais où sont ensevelis ,

Tous les rois qui de France ont porté la couronne,
Et qui se sont tous vus arrachés de leur trône
Par le temps , à moins que la hache du bourreau
N'ait donné pour cercueil le fatal tombereau !
Ou que l'exil , faucheur à la face ridée
Qui s'en va moissonnant les fronts où croît l'idée ,
N'ait détourné sa faulx empreinte de remord ,
Pour atteindre les rois et leur donner la mort.
La mort ! ce courtisan à l'aspect homicide ,
Aux longs bras décharnés , à la face livide ,
Aux yeux tout caverneux, profonds, sombres, hagards
Qui jettent autour d'eux de foudroyants regards,
Et qui s'en va parfois au milieu des orgies
Quand la fête s'égaie à l'éclat des bougies,
Quand la danse enivrant les joyeux tourbillons
De ses pas cadencés fait gémir les salons ,
Et livre échevelée , à des baisers profanes,
Les seins nus et gonflés des folles courtisanes ;
Elle arrive soudain , puis elle étend la main ,
Et déroulant aux yeux de tous un parchemin
Où sont écrits ces mots en lettres invisibles :
La mort ! L'éternité ! paroles inflexibles !
Il invite le roi qui préside au festin
A le suivre à l'instant dans ce pays lointain !

IV

Pays loin en effet , triste et morne Amérique ,
D'où les navigateurs ne reviennent jamais ,
Dont chaque flot contient , en son onde mystique ,
Quelque sombre tombeau , porte de ses palais.

Oh ! le navigateur qui s'en va triste et sombre
Visiter ce pays , marchant près du cyprès ,
Regarde avec effroi l'arbre , qui sous son ombre
Cache le premier mot de terribles secrets.

Ce voyage sans fin que feront tous les hommes ,
Les uns le font couverts d'un laurier immortel !
D'autres , les réprouvés du siècle dont nous sommes
Le font sur l'échafaud ! Triste et lugubre autel !

V

Poète ! qu'as-tu vu sous les voûtes fatales
Où dorment tant de rois dans leurs pourpres royales ?
Qu'as-tu donc admiré sous ses tristes lambris ?
As-tu donc évoqué les vieux rois de Paris ?
Réponds ! qu'est devenu l'orgueil , enfant du trône ?
Et qu'ont-ils conservé des droits de la couronne ?
Dis-moi ce que t'ont dit ces sombres majestés ;
Et leurs débris royaux sont-ils donc respectés ?

VI

Poète! qu'as-tu vu sous les voûtes fatales
Où dorment tant de rois dans leurs pourpres royales?
Chante-nous donc cela dans tes sublimes vers !

Le Poète.

Je n'ai vu que débris qu'avaient rongés les vers !

10 août 1855.

ASPIRATION.

I

Oh ! ce n'est pas l'amour qu'il me faut ! c'est la gloire !
C'est l'auréole en feu rayonnant sur mon front ,
C'est un nom que jamais n'ose attaquer de front
Le fourbe, à l'œil de flamme , un nom qu'avec l'histoire
La voix des opprimés , cette voix qu'on doit croire ,
      Désigne comme sans affront !

    C'est un nom rayonnant ! un nom que le génie
Qui passera demain dans la grande cité ,
Où le peuple bondit au nom de Liberté ,
Ecume de fureur au mot de Tyrannie ,
Aille montrant du doigt aux rois de l'harmonie ,
      Aux anges de la charité !

II

Dans le siècle où je vis , dans le siècle où nous sommes,
Où l'homme à chaque instant voit mépriser les hommes,

Où tout est emporté par les vents furieux ,
Où tout est déchiré par l'éclat des tempêtes ,
Où de pâles tribuns tiennent les foudres prêtes
   Pour les rois orgueilleux !

Où la mer sent gronder ses entrailles profondes ,
Où les flots bondissant sur le roc , où les ondes
Voudraient , grondant , hurlant , lever un front altier ,
Où le ciel est couvert de nuages sans nombre ,
Où les peuples lassés tiennent cachés dans l'ombre
   Du bronze et de l'acier !

Où l'on sent chaque pas chanceler sur la terre ,
Où lorsqu'on peut sonder du terrible mystère
Le fond noir et fangeux , on tombe épouvanté ,
Où quand on peut marcher dans l'abîme où tout tremble
L'œil de l'âme aperçoit confondu tout ensemble
   Mensonge et vérité !

Si je pouvais lever une tête hautaine
Et franchir d'un seul bond la destinée humaine,
Et planer radieux, toujours, dans l'avenir !
Plein d'un sublime orgueil placer une auréole
Sur mon front vaste et large , et devenir l'idole
   Des peuples à venir !

Oh ! quelle destinée égalerait la mienne !
Quel mortel s'élançant vers la plaine aérienne ,
Aurait porté plus loin son vol audacieux !
Quel homme, quel tribun , quel poète sublime
Aurait, foulant du pied des monts la haute cime ,
Plus haut que moi plané dans la voûte des cieux !

17 mars 1851.

L'OURAGAN.

L'ouragan! l'ouragan! la nuée au flanc sombre!
L'éclair! le vaste éclair éblouissant dans l'ombre,
Le vent, avec sa voix aux étranges concerts,
Hurle, pleure et gémit en passant dans les airs.
L'orage avec fracas tombe des hautes cimes,
La foudre en rugissant plane sur les abîmes,
Passe dans les forêts, déracine les pins,
Des chênes monstrueux courbe les plus hautains,
Et dans le noir torrent que renfle chaque pluie
Va noyer sa fureur que toute chose essuie.
Et les cieux, pleins de bruits et de brume couverts,
Roulent leur large front, penché sur l'univers.
Tandis que, tournoyant, avec la nuit qui gagne,
Les nuages là-bas semblent une montagne,
Montagne qui pourrait, en déroulant un pli
De son manteau grisâtre, où flotte enseveli
Un pan de l'univers encor plein de mystère,
Noyer avec ses flots ce qu'on nomme : la terre!

Parfois le peuple aussi, furieux, tournoyant,
L'œil en feu, d'une main dans sa poche fouillant,
L'écume sur la lèvre, et l'injure à la bouche,
S'amoncelle là-bas en un groupe farouche,
Si bien que le vieux roi, qui lui jetait son gant,
S'écrie avec effroi : l'ouragan ! l'ouragan !

5 mars 1852,

LA GONDOLE.

I

Glisse, glisse, ô ma gondole !
Après elle ! mon idole !
C'est toi que j'aime, en avant !
Glisse sur l'onde rapide,
Toi qu'on nomme la sylphide,
La sylphide du divan !

Car, ô ma brune gondole,
Pour chanter la barcarolle,
Comme un gai Napolitain,
Je t'ai prise au roi d'Asie,
Et c'était sa fantaisie,
Son caprice du matin.

Il aimait sur le Bosphore,
Quand l'orientale aurore,
Aux doigts roses et perlés,
Sort de l'onde, étincelante,
A s'endormir sous ta tente,
Ma sylphide, aux pieds ailés.

Glisse, glisse, oh! glisse encore,
A moi, guitare sonore,
Sous mes doigts il faut vibrer
Pour Loïsa, la brunette,
Dont la blanche maisonnette
Dans l'onde vient se mirer.

II

Oh! que le ciel est pur! oh! que la brise est fraîcs
Oh! quelle belle nuit pour l'amour et la pêche,
Pour le noble conseil des dix!
Pour les bruns cavaliers et pour les nobles dames,
Pour les projets vengeurs qu'exécutent les lames,
Les lames de nos fiers bandits!

III

Apparais, ô jeune fille!
Dont l'œil étincelle et brille
Comme au ciel noir un éclair!
Toi, qui, dansant sur la grève,
Sembles, éblouissante Eve,
Le bleu séraphin du rêve,
La blanche fille de l'air!

Oh , viens ! nous irons sur l'onde,
Dont le flot argenté gronde
Sous ma gondole au flanc noir.
Viens , Loïsa , ma charmante !
Tu l'as promis , mon amante,
Tu l'as promis l'autre soir !

IV

Puis avec Loïsa gondolier fuit dans l'ombre.
Tandis qu'un fossoyeur , venant nul ne sait d'où !
Se dit en ricanant , pâle , dans la pénombre :
Moins rapide que toi , ta gondole , au flanc sombre ,
  S'efface , pauvre fou !

6 mai 1852.

A L'OCCASION DE LA MORT

de M. Courdouan, curé de la Cathédrale.

I

La pluie à flots tombait: Le vent chassait les nues;
L'éclair couvrait les cieux de lueurs inconnues.
Avec un fracas sourd, on entendait dans l'air
Passer, pleurer, hurler le démon des tempêtes
Qui bondissait alors au-dessus de nos têtes
Et dont l'aile de feu bouleversait la mer.

Tout-à-coup! j'entendis un chant lugubre et sombre,
Et puis un roulement assourdi de tambours,
Avec un bruit confus de voix, de pas sans nombre,
De soupirs étouffés, de chars roulant dans l'ombre.
      Et l'ouragan grondait toujours!

Puis dans les noirs clochers à cime dentelée
Où la foudre en tombant rugit avec fracas,

La cloche monstrueuse, et de brume voilée,
S'ébranla lentement, puis à longue volée
Fit retentir dans l'air les tintements du glas.

Et je vis s'avancer un étrange cortége
Et les prêtres courbés que la tristesse assiége,
Et les sœurs au front pâle, et plus blancs que la neige
Deux chevaux, qui, couverts de longs crêpes de deuil,
Traînaient un char funèbre, où comme une auréole
Brillaient la croix-d'honneur et l'hermine et l'étole,
   Ces brimborions de l'orgueil!

II

Et qui donc était mort? Un homme, un vieux, un prêtre,
Un humble serviteur de Jésus-Christ, son maitre!
Et la foule accourue autour de son cercueil
Éclatait en sanglots. Mornes, l'âme ébranlée,
L'orphelin, l'indigent, à figure hâlée,
Suivaient, laissant couler des larmes de leur œil.

  Et cette foule semblait dire :
  Seigneur! de quiconque soupire
  Et d'amour pur pour vous respire,
  Pourquoi n'avez-vous pas pitié?
  Pourquoi nous ravir notre père,

Ce prêtre doux , autant qu'austère
Qui consolait toute misère
Et nous prenait en amitié!

III

Quoi ! ce noble Courdouan dont la voix grave et forte
Faisait trembler nos cœurs , comme une feuille morte
Tremble au vent qui la prend , la secoue et l'emporte ,
Cet homme au cœur ardent est donc mort? Eh! quoi lui !...
Comme tout ce qui pense et désire à toute heure ,
Comme tout ce qui vit , et chante , et rit , et pleure ,
Doit mourir, il est mort ! La tombe est sa demeure
Et son pâle cadavre y descend aujourd'hui !

Pourtant hier encor il était plein de vie !
Devant lui s'inclinaient les fronts les plus hautains !
Il faisait à plus d'un battre le cœur d'envie !
Lui le sage et l'heureux ! le néant le convie
　　　A ses mornes festins !

Le néant ! Le néant ! Oh ! ses bras sont terribles !
Sous leur étreinte il broie et monuments d'airain ,
Et palais , et cités , et peuples invincibles ,
Et puis sur leurs débris lève un front souverain !

IV

Ainsi tout n'est donc que folie!
Coupe de miel où dort la lie,
Trésors, pouvoir qui flatte et lie,
Tout tombe et roule on ne sait où,
Et l'homme qui parle sans cesse
De haine, d'amour, de richesse,
D'immortalité vengeresse,
L'homme, Seigneur! n'est donc qu'un fou!

V

Et si tout s'en va de ce monde
Comme la poussière et le vent,
Comme l'eau d'un torrent qui gronde,
Tord et brise son flot mouvant!
Comme l'éclair sur les abîmes,
Comme la foudre sur les cimes
Où plane l'aigle audacieux,
Comme des monts descend l'orage,
Alors qu'il sillonne avec rage
Les bois ici, la nue aux cieux!

A quoi bon bâtir sur la terre,
Et caresser avec amour

Une œuvre , un rêve , une chimère ,
Puisqu'enfin tout est éphémère
Et que tout doit mourir un jour !

Puisque tout ce qui vit , l'enfant , la femme , l'homme ,
S'en va , morne et penché , vers ce gouffre qu'on nomme
La tombe ! le néant ! le doute ! l'inconnu !
A quoi bon élever quelque pauvre édifice ?
Qui malgré nos efforts tremble toujours , puis glisse
Dans l'abîme profond , quand son temps est venu !

Pourquoi tant de labeurs puisqu'un vautour infame ,
S'attache à toute chose , et ronge tout , hors l'âme !
L'âme ! ce souffle pur , éternel et divin !
L'âme ! qui peut braver et la foudre et l'orage ,
L'âme ! aux pieds de qui le néant avec rage
Traîne son large front tout gonflé de venin !

L'âme que le Seigneur ! l'Eternel ! le Suprême !
Peut tordre , peut jeter au creuset , pâle et blême ,
Mais qu'il ne peut broyer ! car du jour qu'elle a lui ,
L'âme ! astre éternel ! étincelle sacrée !
Souffle parti d'en haut , qui pense , vit et crée ,
Est aussi Dieu que lui !

VI

Oh ! non ! l'homme dans la tombe ,
Où toute chose court et tombe ,
N'emporte pas tout avec lui.
Il lui reste encor quelque chose ,
Même lorsque sa vie est close ,
Et que son dernier jour a lui.

Car si parfois de ces mansardes ,
Où l'on a froid , où l'on a faim ,
Où des enfants couverts de hardes
Disent à leur père : Du pain !
Il a franchi le seuil grisâtre
Et porté l'huile et le froment
A ceux qui , rangés prés de l'âtre ,
Le soir , gémissent sourdement ,

S'il a préservé de l'orage
Quelques vierges aux fronts pâlis ;
S'il a tendu sur son passage
La main aux humbles , aux petits ;
S'il a fait briller l'espérance
Aux regards du pauvre exilé ;
S'il a toujours avec constance
Travaillé , prié , consolé ;

Il lui survit alors un trésor sur la terre :
Les regrets, les soupirs, les pleurs et la prière
Du malheur dont il fut le généreux soutien.
On n'arrache à l'oubli que tout ce que l'on donne ;
Le reste, hélas! honneurs, éclat, pourpre et couronne,
C'est un rêve de nuit, c'est une vaine ombre, un rien.

Le lendemain de la mort du curé, 17 novembre 1854.

LE PATRE DÙ VÉSUVE.

Et hioup ! mes bœufs , la nuit s'avance ,
Le soleil vient de se coucher ;
Aux champs où je la vois marcher,
Mon ombre hâtive me devance.
Secouez vos cornes , mes bœufs ,
Afin que le grelot sonore
Qui tinte au lever de l'aurore ,
Tinte , quand se voilent les cieux.

Voyez fumer le noir Vésuve
Que ronge le feu souterrain ,
Comme fume dans une cuve
L'ardente sève d'un bon vin.
Au ciel , là-bas ! perce une étoile ,
Le vent souffle plus parfumé ,
La nuit surtout étend son voile ,
Son voile des amants aimé.

Tout se confond et tout se mêle,
Les sentiers avec les buissons ,
L'eau du golfe avec la nacelle ,
Les plaintes avec les chansons.
C'est l'heure où les vertes campagnes
Aspirent à se reposer ,
Frémissantes sous le baiser
Du vent qui rase les montagnes.

Et hioup ! mes bœufs , plus bas , plus bas ,
Ralentissez votre démarche
Et marchez tous comme je marche,
Afin que l'on n'entende pas.
Voici l'antre profond , immense
Où Venega , le noir bandit,
A l'ange sombre se vendit
Pour l'ivresse d'une vengeance.

On dit qu'il revient chaque soir
Dans la caverne humide et nue ,
Dont le front déchire la nue
Comme la tour d'un vieux manoir.
Je crois voir son fantôme sombre ,
J'entends gémir.... non ! c'est le vent !
Et l'arbre secouant son ombre
Sur les sentiers , vite ! en avant !

Assez! mes bœufs , voici l'étable,
J'entends notre femme qui rit.
A vous la crêche ! A moi la table !
Et le vieux lacrima-christi.
Voici pour vous l'eau pure et claire,
L'avoine à l'agreste senteur ;
Mangez , vous travailliez naguère :
La récompense à tout labeur !

6 octobre 1854.

DÉCOURAGEMENT.

Pourquoi chercherais-je la gloire ?
Me fatiguerais-je à courir
Après un fantôme illusoire ,
Pourquoi? puisque je dois mourir !

Puisque la fleur que fait éclore
    Un beau matin,
Que le soleil caresse et dore ,
Tombe flétrie avant l'aurore
    Du lendemain !

Puisque la goutte de rosée ,
    Beau diamant ,
Qui sur la corolle brisée ,
Ou sur l'herbe d'avril posée ,
    Brille un moment ,

3.

Puis rapide , ruisselle et tombe
      Sur le chemin
Et se mêle à l'argile immonde
Que les enfants à tête blonde
Aiment à pétrir dans leur main !

Puisque la coupe d'ambroisie
      Que tout mortel
Vide , l'âme d'amour saisie ,
Sous ses flots pleins de poésie
      Cache le fiel !

Puisque dans tout lac de délice
      Pur et profond ;
Où par instants le poisson glisse ,
Où l'onde court , joue et se glisse ;
      Dort le limon !

Puisque l'homme dans toute ivresse ,
Dans tout fruit savoureux qu'il mord ,
Dans toute extase enchanteresse ,
Dans tout sein qu'il brûle et qu'il presse ,
Trouve la douleur et la mort.

Puisque le tribun populaire ,
Puisque le poète inspiré ,

Puisque le prêtre séculaire ,
Puisque le roi , vieillard austère
De soucis ardents dévoré ;

Puisque tout ce qui sur le monde
Lève un front glorieux et beau ,
Prie , ordonne , menace ou gronde ,
Pense ou doute , crée ou fonde ,
Porte le sceptre , ou le flambeau,

S'en va jour à jour , grave et sombre ,
Vers la tombe ! gouffre profond !
Vers le doute ! abîme d'ombre !
Vers l'inconnu ! mer où tout sombre
Et dont nul œil ne voit le fond.

Pourquoi chercherais-je la gloire ?
Me fatiguerais-je à courir
Après un fantôme illusoire ,
Pourquoi ? Ne dois-je pas mourir ?

16 décembre 1854.

EXTRAITS DU VAUDEVILLE

UN LION TOULONNAIS.

HENRI.

Vrai Dieu ! chère Nina , je vous trouve charmante !

NINA.

Je le sais dès longtemps.

HENRI.

Dans la coupe écumante
Que l'on verse à grands flots, disciples du plaisir,
Notre devoir à tous est de toujours jouir !

(Le valet verse. Ils boivent.)

AMÉDÉE.

Ainsi, mon cher monsieur, vous disiez tout-à-l'heure...
Que vous étiez lancé....

HENRI.

Sans doute !

AMÉDÉE.

A la bonne heure !

Qu'est-ce donc ?

HENRI.

Mais mon cher , vous ne devinez pas ?

AMÉDÉE.

Mais non , veuillez, Henri, me tirer d'embarras.

HENRI.

Comment donc! vous voyez un leste et brun jeune homme
(Est-il bien nécessaire ici que je le nomme?)
Qui s'en va , chaque soir, dans les plus grands salons
Chercher d'un vif regard parmi les tourbillons
De la foule et du bruit , de beaux groupes de femmes ,
Papillonner sans cesse auprès des belles dames ,
Faire autant que se peut de flatteurs compliments ,
Dénigrer les maris , exalter les amants ,
Et vous ne pouvez pas deviner la carrière
Que suit cet homme là ?

AMÉDÉE.

Pardieu! la bèlle affaire !

C'est celle de l'amour !

THÉODORE.

Eh oui! c'est celle-là !

HENRI.

M'en acquitté-je mal !

(Tous, excepté les femmes.)

Non, non !

NINA.

Dieu ! qu'il est fat !

HENRI.

Ah ! il faut avouer, ma ravissante reine...

NINA.

Qu'être fat aujourd'hui c'est mode souveraine !
Je le sais, et l'on voit nos élégants dandys,
Nos lions de vingt ans, même les moins hardis,
S'approcher souriants, jouant de leur cravache,
Avouer leur amour en frisant leur moustache.
Et les repousse-t-on ; vous les voyez soudain
Parler de désespoir du ton le plus badin !

THÉODORE.

Haïssez-vous les fats ? En êtes-vous éprise ?

NINA.

Être fat ! c'est prouver un grand fond de sottise !
Je ris de tous ceux qui, feignant d'être blasés,
Parlent, jeunes encor, de leurs amours passés
Comme choses d'enfants, qu'on ne doit se permettre
Qu'à l'âge où l'on apprend à peine à se connaître,
Et qu'eux, hommes de sens et de mûre raison,
Ne trouvent dans l'amour que pure illusion.

HENRI *(souriant.)*

Les élégants du jour imitent la coquette,
Je vais vous expliquer cela, belle Ninette :
Sous leur masque glacé, ma chère, ils ont un cœur
Qui bout comme un volcan, et leur air si moqueur
Ne peut tromper assez. L'ardeur qui les dévore
S'échappe de leur âme et sort par chaque pore.

(ACTE 1er, Scène 1re.)

. . . .
. . . .

HENRI.

Parlez-nous, je vous prie, un peu de la Provence !
Mais de Toulon, surtout, de Toulon par avance.

BELPHEGOR.

Que vous dire, mon cher, que vous ne sachiez pas.

HENRI.

Mais tout.

BELPHEGOR.

Vous me tirez finement d'embarras !
La fashion, messieurs, y brille d'élégance,
Adore les beaux-arts, n'aime guère la science ;
Elle est fine et rieuse, et railleuse à la fois,

Ardente dans l'amour. Mais sachant toutefois
Conserver en tout temps son esprit et sa tête,
Et sa bouche aux bons mots est toujours toute prête.
Enfin tous nos lions tranchent du Parisien,
Ils en ont l'air, le ton, la grâce et le maintien.
Et les femmes, surtout, y sont vives et belles ;
Aiment la poésie et sont spirituelles
Et coquettes aussi ; savent parfaitement
Faire désespérer l'homme le plus charmant.
Et quant à nos ouvriers, une mâle franchise
Se lit dans leurs regards, leur politesse exquise
S'approche, en vérité, de celle des dandys.
Un grand nombre d'entre eux sont forts, lestes, hardis;
Ils s'occupent aussi de la littérature,
Possèdent presque tous pour sujets de lecture,
Voltaire, Béranger et l'immortel Rousseau.
Parce que cet auteur là dit dans quelque morceau
Que l'homme a grand besoin pour devenir robuste
De s'exercer souvent. Or donc, rien de plus juste,
Tous nos ouvriers, messieurs, suivent cette leçon,
Ils sont maîtres finis, ma foi! pour le chausson ;
Leur coup de poing est sûr ; ils aiment la guinguette ;
Le cabanon, surtout, lieu très gai, mais honnête,
Où l'on danse parfois ; ils sont sages d'ailleurs,
Mais en vrais Provençaux ils sont un peu railleurs.

HENRI.

C'est un peuple adorable!

SENOR.

Une ville charmante!

NINA.

Et cette fashion qui n'est point insolente
Et qui n'affecte pas le ton froid d'aujourd'hui!

BELPHEGOR *(galamment)*.

Près des dames, peut-on ressentir de l'ennui?

NINA.

Mais chez nos jeunes gens la froideur est de mode;
Ils se disent blasés : ce leur est plus commode.

HENRI *(riant)*.

Hé! de grâce, ma chère, un peu plus de pitié.

THÉODORE.

Nina! je vous implore au nom de l'amitié!

BELPHEGOR *(se dressant)*.

Mille pardons! messieurs, il faut que je vous quitte,
C'est un ordre à donner.... Je reviens au plus vite!
Quelques fonds à toucher, placés chez un banquier....
Et mon valet ira....

HENRI.

Vous pouvez envoyer!

Comment le trouvez-vous?

AMÉDÉE.

Mais charmant!

THÉODORE.

Adorable!

AUGUSTE.

Chroniqueur très exact.

SENOR.

Garçon fort agréable !

THÉODORE.

C'est un rival pour vous , ma parole d'honneur !
Dangereux.

HENRI.

Vous croyez?

THÉODORE.

Oui , mon cher , j'en ai peur !

HENRI.

Vous plaisantez , je crois !

THÉODORE

Non pas , il est capable,
Dans ces cœurs féminins mouvants comme le sable ,
D'être , dans quinze jours , pour le moins votre égal.
Vous savez qu'on adore ici l'original :
Belphégor l'est un peu.

HENRI.

Mais il est ridicule.

(Acte 1er , Scène 5e.)

BARCAROLLE

En mer ! pêcheurs napolitains !
En mer ! en mer ! la nuit est fraîche !
Emportons nos filets de pêche
Et nous les rapporterons pleins !
La lame court vive, argentée,
Comme un poisson vert et doré,
Et notre barque est emportée
Par le flot de nous adoré !

En mer ! en mer ! fendons les vagues,
Les vagues aux sourdes rumeurs !
Où bruissent des chansons vagues
Sous les coups égaux des rameurs.
Gais pêcheurs ! retroussons nos manches,
Penchons-nous sur le flot changeant,
Où les étoiles de loin blanches
Ouvrent leur éventail d'argent !

Voici les îles adorées
Ischia ! Procida ! Portici !
Où sont les oranges dorées
Et les verts citronniers aussi.
C'est là qu'un pêcheur de la plage
Menait Isabelle d'Arcos....
Que la barcarolle volage
Fasse résonner ces échos !

Amis ! tendons la voile grise ,
La voile grise aux flancs ailés !
Car plus fraîche souffle la brise....
Bravo ! mes mariniers zélés !
Voyez ! notre barque qui vole
Rase à peine le bout des flots.
Que chacun couvre son épaule
Du noir sarrau des matelots !

Oh ! que j'aime à courir sur la vague mobile !
Qui déroule ses plis en fuyant vers la ville,
Berçant mes songes d'or ! mes rêves enchanteurs !
Entre le ciel et l'eau ! ces sublimes chanteurs
Dont j'aime ouïr souvent les saintes mélodies ,
Chantant la liberté de leurs voix si hardies !
Quand le soleil pâli décline à l'occident ,

Et que son rayon d'or scintille moins ardent ,
J'aime à songer alors sur ma barque qui vole
Quand sur l'aile des vents s'enfuit la barcarolle ,
Mêlant ses gais propos aux chants profonds des mers !
Aux bruits sourds des forêts ! aux sublimes concerts !
Quand la nuit lentement s'abaisse sur la côte ,
Que notre ombre grandit et nous suit côte à côte !
Et qu'un navire noir , glissant dans le lointain ,
Arbore sur son mât drapeau napolitain.

1er octobre 185 .

UN EXILÉ MOURANT.

Oh! ne me pleurez pas si je meurs! car, qu'importe
Aux feuilles du figuier qu'un vent d'hiver emporte,
De tomber dans un champ, quand on creuse un sillon ;
Ou bien dans un torrent dont l'eau, d'abord limpide,
Avec un fracas sourd dans sa course rapide,
Écume sur les flancs polis du noir vallon!

2 octobre 1854.

TABLE DES MATIÈRES.